DIVISI SI PERDE

UN RACCONTO DELLA SECONDA GUERRA MONDIALE

ISABELLA MUIR

OUTSET PUBLISHING LTD

Pubblicato in Gran Bretagna

Da Outset Publishing Ltd

Prima edizione in italiano pubblicata Marzo 2022

Prima edizione in inglese pubblicata Dicembre 2018

ISBN 978-1-872889-43-6

www.isabellamuir.com

INDICE

Agli operatori di pace...

È il Natale del 1939, ed incontriamo Philip Chandler quando è solo un ragazzo. I lettori che conoscono i romanzi dei Crimini nel Sussex sanno che quando incontreremo di nuovo Philip Chandler alla fine degli anni '60, sarà il padre di Janie Juke.

UNO

In tempi normali, le campane della chiesa avrebbero suonato a lungo e forte. Ma ora non ci sarebbero state campane, non per la domenica, non per il Natale e non per il ragazzo scomparso.

L'annuncio del governo del 3 settembre aveva cambiato tutto. Ora tutti portavano la maschera antigas, anche se pochi sapevano il perché. Le famiglie discutevano sul Natale. Alcuni dicevano che non era giusto celebrarlo, altri affermavano il contrario. Nelle famiglie c'erano contrasti e non solo riguardo le idee sulle festività.

Philip scese dalla bicicletta, alzandola contro il lato del capannone in muratura. Negli ultimi giorni aveva piovuto, la bicicletta aveva bisogno di una buona ripulita. Forse l'avrebbe fatto più tardi; in questo momento c'erano delle altre cose da fare. Aveva trovato i migliori rametti di agrifoglio e vischio spingendosi con la bicicletta attraverso il boschetto sul retro del cimitero di St Mary. Come conseguenza, i suoi pantaloni erano coperti di fango. Sua madre si sarebbe lamentata, ma in realtà lui sapeva che in fondo sarebbe stata contenta. Il lavaggio di vestiti, di pavimenti, di qualsiasi cosa, tutto forniva la distrazione dalla realtà di una guerra che si era abbattuta su di loro.

Philip raccolse i rami carichi di bacche dalla cesta della sua bicicletta e li adagiò sopra il focolare della cucina.

"Cosa altro c'è?" chiese a sua madre.

"Abbiamo ancora qualche giorno prima di doverci preoccupare per l'albero. Questo è stato sempre il compito di tuo padre."

"Va tutto bene, posso farlo. Lo trascino io se devo."

Suo padre era tornato nello stesso reggimento dell'esercito per cui aveva combattuto piu di vent'anni prima, nella grande guerra che doveva essere l'ultima. Almeno così l'avevano chiamata. Ora cosa potrebbero dire?

"Bene, ci sono patate e carote da raccogliere. Anche cipolle e cavoli, ma è troppo presto per le altre cose. Oltretutto c'è poco spazio nella dispensa."

Le mani di Helen erano infarinate come una pasticcera. Spostò un capello ribelle dal suo viso il che le provocò una macchia bianca sulla sua guancia.

"Jess non ti aiuta con gli impasti?"

"È di sopra che cerca di farsi le trecce ai capelli. Ora dice che ha quasi dieci anni e dovrebbe essere in grado di fare tutto da sola. Sono sicura che a un certo punto scoppierà in lacrime."

"Quando farai i dolci di Natale, mamma?"

"Lo stesso giorno come tutti gli anni. La Vigilia di Natale, poco prima di andare a messa."

"Sono i preferiti di papà."

Si scambiarono uno sguardo prima che lei tornasse a stendere la pasta frolla sulla fredda lastra di marmo che si trovava a un lato del lavandino.

"Scommetto che tuo padre avrà un pranzo di Natale migliore del nostro. Tacchino ripieno e tutti i contorni. Non dimenticare, non siamo solo noi che abbiamo inviato pacchi ai soldati. Tutti stanno facendo lo stesso."

"La mamma di Ronnie dice che si parla di razionamento."

"Non prima di Natale, vero?" Helen continuò a stendere la pasta. Usando un vasetto di marmellata vuoto per ritagliare i cerchi, pronta a riempirli con la mela cotta che aveva preparato all'alba.

"Farò un salto a casa di Ronnie, mentre vado a raccogliere la verdura."

"Non è tempo di andare in bicicletta. Ancora fango su quei pantaloni e dovrò metterli in ammollo per una settimana."

Philip si avvicinò a lei, e le mise un braccio intorno alla vita.

"Vai via. Torna prima che faccia buio. Non ti dimenticare l'oscuramento."

Il suo percorso preferito per andare verso la casa di Ronnie lo portava dietro i giardini Tensing, attraverso il vicolo e giù per la collina più ripida di Tamarisk Bay. Poteva aumentare la velocità e scendere a ruota libera, esaltato dal senso di pericolo. Solo una volta, non aveva evitato un sasso in mezzo alla strada ed era finito disteso sulla

schiena, lividi neri e blu che impiegarono settimane a scomparire. Aveva riportato danni più lui che la bicicletta, solo un pedale storto e la catena rotta. Ma suo padre lo aveva minacciato di venderla.

"La prossima volta sarà la tua testa a rompersi," gli disse, dandogli una brusca manata al lato della testa che aveva sofferto di meno nella caduta. Sua madre disse molto poco, borbottando mentre faceva degli impacchi sui suoi lividi con acqua e aceto.

"Starò più attento, promesso," disse loro.

Questo era successo un anno prima e da allora non un incidente. Nemmeno quando lui e Ronnie correvano giù per le colline fianco a fianco, gridando ai pedoni di togliersi di mezzo.

Lui e Ronnie erano amici da sempre, nonostante i quattro anni di differenza di età. In effetti erano più che amici; Ronnie era il fratello maggiore che avrebbe voluto avere. Ci erano voluti mesi di persuasione prima che potesse convincere Ronnie a gareggiare. Lo prese in giro, gli disse che gli avrebbe comprato un maglione giallo.

"Giallo per i codardi," gli disse ridendo.

Quando le battute non funzionavano cercava di incoraggiarlo. "Non cadrai lo sai, e se lo farai farà male solo per un po'. Ma anche se avrai i lividi ne sarà valsa la pena, è un brivido come nessun altro."

Alla fine, è stata una ragazza a farlo decidere. Philomena, dalle lunghe trecce e dai denti perfetti. La sua famiglia si era trasferita a Tamarisk Bay qualche tempo prima e sin dalla prima domenica, quando lei era in piedi accanto ai suoi genitori nell'ultimo banco di

St Mary, i ragazzi non riuscivano a staccare gli occhi da lei. Era più vicina all'età di Ronnie che quella di Philip, ma sembrò pronta ad unirsi al divertimento quando le dissero la loro idea. Lei promise di baciare il vincitore della gara e si mise in piedi in fondo all'Harley Shute, facendo il tifo e applaudendo. Nessuno dei ragazzi rimase sorpreso quando scappò non appena scesero dalle bici, pronti a reclamare il premio. Ma da quella volta Ronnie prese il gusto per le gare, quindi fu una sorta di successo. Philip parcheggiò la bici contro il muro di fronte alla casa dei Barnard. Ronnie teneva la bicicletta sul retro, nel capannone di mattoni che la signora Barnard sperava potesse fungere anche da rifugio antiaereo. Anche se forse 'speranza' era la parola sbagliata.

La porta sul retro era sempre aperta, il bollitore sempre sul for- nello. Philip si avviò lungo il sentiero laterale verso il giardino sul retro ma nel mentre sentì aprirsi la porta d'ingresso. Clara Barnard si fermò sulla soglia e gli fece cenno di avvicinarsi.

"Ronnie è a fare un giro?"Riprese la sua bicicletta da dove l'aveva lasciata, sedendosi a cavalcioni pronto per raggiungere il suo amico.

Clara non rispose. Era come se le parole fossero intrappolate nella sua gola, troppo spaventata per farle uscire.

"Non è con te?" riuscì a dire, dopo una pausa.

"Ho fatto delle commissioni per mamma, ma gli avevo detto che sarei passato questo pomeriggio."

"Se n'è andato prestissimo. Niente colazione , si è alzato ed è uscito quando ancora era buio." Tese le sue mani verso Philip come se sperasse che lui potesse riconsegnarle suo figlio. Riportandolo all'ovile.

"Allora sarà andato presto al lavoro? Pensavo che oggi fosse il suo giorno libero."

"Se n'è andato stamattina presto," ripeté come se stesse cercando di ricordare la sequenza degli eventi.

"Con la sua bicicletta?" Philip scese dalla bicicletta girandola per portarla lungo il sentiero a lato della casa che arrivava sul retro del giardino. Clara lo seguì, le sue ciabatte facevano flip flop mentre camminava. Lei prese il bordo di una pozzanghera, una pantofola si inzuppò di acqua piovana sporca.

Philip avrebbe voluto dirle di aspettare di tornare dentro, al caldo e all'asciutto. Ma le sue parole sarebbero state sprecate. Clara Barnard stava cercando suo figlio. Non era in casa, al caldo e all'asciutto.

"La sua bici è qui, non va da nessuna parte senza la sua bici," disse, fissando la bicicletta che era parcheggiata al suo solito posto nel capannone.

"Forse c'è una foratura?" C'era qualche valido motivo Philip ne era certo. Si voltò verso Clara nello stesso momento in cui le si stava allontanando da lui. Lei mormorò qualcosa, parole che lui non riuscì a cogliere.

"Scusi?"

"Devi trovarlo, Philip. Devi trovare Ronnie."

"Non ha detto niente? Dove stava andando o perché così presto?"

"Non ha nemmeno fatto colazione," rispose, scuotendo la testa come se non potesse afferrare il significato delle sue stesse parole.

"Lo troverò, signora Barnard, non si preoccupi."

Philip sapeva che la preoccupazione era lì, intorno a tutte le loro parole.

"È quasi Natale. Ho bisogno che lui sia qui."

Mancava un'ora all'oscuramento. Un'ora per Philip per trovare il suo amico e riportarlo a casa. C'erano posti in cui andavano per fumare clandestinamente una sigaretta o una lattina di birra. Fortune Park era uno. Anni prima si erano accampati lì, in fondo al parco tra alcuni alberi e cespugli. Ora erano entrambi troppo grandi per cose così

infantili; Ronnie aveva appena compiuto diciotto anni era un uomo. E anche se Philip aveva quattro anni meno di lui, anche lui si sentiva un uomo, ora che aveva finito la scuola ed aveva appena iniziato a lavorare con la Royal Mail.

Il viadotto sul retro dell'area ricreativa era un altro dei loro luoghi preferiti. Poi c'era la sponda del fiume. Ronnie aveva insegnato lì a Philip a pescare imparando anche lui allo stesso tempo.

La borsa con la maschera antigas di Philip strusciava contro il manubrio mentre pedalava verso Fortune Park. Il suo piano era di iniziare dal punto più lontano e poi cercare a ritroso, lasciando il viadotto per ultimo. Avrebbe potuto fare l'intero percorso in poco meno di un'ora ed essere a casa prima dell'oscuramento. Il notiziario aveva detto che dall'inizio della guerra, in soli quattro mesi, quattromila persone erano state uccise sulle strade. Nei giorni di dicembre l'oscurità scendeva presto, le persone tornavano a casa dal lavoro al buio, le auto dovevano guidare senza luci. Le vittime erano inevitabili.

Il lavoro di Philip era a poca distanza da casa. Ma Ronnie lavorava alla macelleria Marley a mezz'ora a piedi dalla casa dei Barnard, meno di dieci minuti di bicicletta. Anche cinque se conoscevi la strada nell'oscurità. Una settimana prima di Natale la macelleria sarebbe stata impegnata. È così. Perché non ci ho pensato prima? Perché la signora Barnard non ci aveva pensato? Anche se il mercoledì era il solito giorno libero di Ronnie, doveva essere andato a lavorare per dare una mano per i preparativi prenatalizi.

Philip modificò il percorso di ritorno da Fortune Park, ignorando la sponda del fiume e si diresse direttamente alla macelleria Marley. Le vetrine del negozio erano spente, il cartello che il negozio era chiuso era appeso all'interno della porta d'ingresso. Il signor Marley abitava sopra il negozio. Se lui e Ronnie stavano lavorando nel retro, la signora Marley lo avrebbe saputo. Philip lasciò cadere la bici sul marciapiede di fronte al negozio e si precipitò su per le scale di ferro fino alla porta d'ingresso dei Marley.

"Cosa c'è, ragazzo?" Il signor Marley era anziano, il suo udito non era come una volta e di conseguenza urlava. Forse questo lo aiutava a sentire la propria voce.

"È qui Ronnie?" Philip pronunciò chiaramente.

Quindi la signora Marley comparve dietro al marito. "Cos'è tutto questo urlare?"

"Scusate, ma sto cercando di trovare Ronnie. Ho pensato che potesse essere con voi al negozio?"

Philip non aveva bisogno di sentire la risposta. Ronnie non era al lavoro.

"Mi dispiace di avervi disturbato." Tornò alla bicicletta mentre il signore e la signora Marley stavano insieme sul piccolo pianerottolo di ferro davanti alla loro porta d'ingresso. Mentre si allontanava il signor Marley gli gridò, "Digli di non fare tardi la mattina abbiamo alcuni giorni impegnativi davanti. La gente vuole ancora la loro cena di Natale, lo sai. Guerra o non guerra."

Mancavano una ventina di minuti prima che andasse via la luce del giorno. Anche se non si poteva descrivere come luce era più di un grigio torrido quella fase di passaggio tra il giorno e la notte. C'era appena stato l'equinozio d'inverno. Il giorno più corto e la notte più lunga. Non c'era tempo per raggiungere il viadotto e comunque perché Ronnie dovrebbe essere lì in un freddo giorno di dicembre, da solo per ore, senza la sua bicicletta?

Appoggiando di nuovo la sua bici fuori di casa, spinse la porta sul retro. Sua madre era piegata in avanti, scrutando nel forno, la vampata di calore le aveva fatto arrossire le guance. Le guance ancora imbrattate di farina. Non aveva bisogno di guardare suo figlio. Lo conosceva abbastanza bene da riconoscere quel respiro, di solito così lento e costante, che ora ansimava.

"Ronnie?" disse.

"Se n'è andato, mamma."

"Andato dove?"

"Non lo so."

DUE

GIOVEDÌ SAREBBE STATO UN giorno di gran lavoro. La Royal Mail aveva dovuto smistare tante lettere e pacchi quanti ne aveva avuti lo scorso Natale ed il Natale precedente. Non importava ciò che la Gran Bretagna aveva detto a Hitler. La gente voleva ancora spedire cartoline e regali di Natale, per inviare allegria a familiari e amici che ne avevano bisogno ora più che mai.

Philip sarebbe stato lì dalla mattina fino al tardo pomeriggio, a controllare gli indirizzi ed a riempire le nicchie nelle scaffalature di legno che coprivano una parete dell'ufficio di smistamento. Conosceva tutte le strade di Tamarisk Bay anche la maggior parte dei nomi sulle buste. Erano amici con i quali era andato a scuola, famiglie che i suoi genitori invitavano per un tè e una torta nei caldi pomeriggi estivi. Ma ora c'erano lettere che arrivavano dal Fronte. Bolli esteri con dentro messaggi di speranza. La speranza che che presto i combattimenti sarebbero finiti e gli uomini sarebbero tornati a casa. Prima di Natale? Probabilmente no.

Si fermò per una pausa per il tè di metà mattina. Quando aprì la borraccia e versò il tè nella tazza di plastica, fu certo che Ronnie stesse facendo lo stesso. Adesso doveva essere da Marley. Forse stava spingendo la carne di salsiccia attraverso il tritacarne, o stava tagliando il pollo in cosce, o zampe, o petti. Da quando Ronnie aveva iniziato a lavorare era diventato incredibilmente abile nel lavoro da macellaio istruito dal vecchio signor Marley. Conosceva i migliori tagli di carne, quanto tempo cuocere quelli più economici in modo che fossero morbidi e teneri. All'inizio Ronnie aveva dovuto sopportare molte prese in giro. Philip gli diceva di stare attento di non tagliarsi la mano o di mettere le dita nel tritacarne. Fu così che Ronnie quasi non voleva andare quel primo giorno. Ma quando Philip passò a casa del suo amico quel lunedì sera, Ronnie agitò le mani davanti a lui.

"Guarda, ho ancora tutte le me dita e niente di affettato."

Risero mentre si scambiavano le impressioni. Quando Philip lasciò la scuola ed andò a lavorare alla Royal Mail, Ronnie ebbe la sua rivincita. "Ti timbrerai la mano," scherzò.

"Non c'è nessuna possibilità."

"O puoi tagliarti con la carta. Invece, forse faresti meglio a trovarti un lavoro da macellaio."

Condividevano la maggior parte delle cose; gite in bicicletta, prove corali, pesca, persino i sogni che avevano su Philomena. Ora il suo amico se n'era andato senza dirglielo, non aveva alcun senso. Aveva bisogno di andare da Ronnie quella sera per assicurarsi che fosse a casa, ma sua madre era preoccupata per l'oscuramento.

Le sirene avevano suonato un paio di volte nelle ultime settimane. Erano rimasti tutti terrorizzati finché non avevano scoperto che erano delle prove.

"Se suonano le sirene quando sei in strada, sai cosa devi fare, vero?" La voce di sua madre si alzava di tono quando era ansiosa. Diversi luoghi in tutta la città erano stati designati come rifugi. Sebbene nessuno poteva indovinare quale fosse un posto sicuro se cadeva una bomba.

Philip decise di rischiare. Subito dopo il lavoro andò in bicicletta a casa di Ronnie ed entrò dalla porta sul retro. Il tavolo della cucina era apparecchiato per il tè.

"Dove siete tutti? Dov'è quel mio amico errante? Sai che ci hai fatto spaventare un bel po'." Stava parlando mentre camminava lungo il corridoio seguendo il suono delle voci. La porta del soggiorno era socchiusa; la spinse ulteriormente e vide diversi membri della famiglia Barnard. Ma nessuna traccia di Ronnie.

La signora Barnard era inginocchiata sul pavimento accanto al fuoco, con una ciotola d'acqua accanto a lei e Gracie sul suo grembo.

"Ti stavo aiutando," diceva Gracie, alzando le mani paffute ricoperte di melassa.

"Stai ferma un minuto, devo pulire anche la tua faccia. Quanta di quella melassa è andata nella tua pancia e non nella torta?"

"Sai dov'è Ronnie?" disse Gracie, dimenandosi per liberarsi da sua madre.

"Non è tornato a casa ieri sera? Ho pensato che oggi fosse stato al lavoro. Ne ero certo."

Ora le mani ed il viso di Gracie erano puliti, si staccò da Clara e si infilò tra i due bambini che erano seduti in silenzio sul divano.

"Questi sono i vacuati," disse Gracie con orgoglio.

"Evacuati," corresse Clara Barnard, alzandosi in piedi e sollevando con cautela la ciotola per evitare di rovesciarla.

"Ecco, lascia che la prenda io." Philip la seguì in cucina e la guardò svuotare l'acqua nel lavandino. Si asciugò le mani su uno strofinaccio, poi si portò il canovaccio al viso. Quando si voltò di nuovo verso Philip, lui vide che stava piangendo.

"Io non so cosa fare. Devo essere qui per Gracie e quegli altri poveri piccoli. Non sanno cosa sta succedendo. Prima sono stati costretti a lasciare la loro famiglia, mandati a vivere con estranei, poi proprio quando stavamo cercando di organizzarci insieme, per cercare di essere una specie di famiglia..."

"Sono bravi?"

"Continuo a pensare come si sentirebbe Gracie se la mandassero via. Soprattutto a Natale."

"È stato bello da parte sua prenderli entrambi."

"Fratello e sorella non possono stare separati. Non è giusto." Riempì il bollitore e lo rimise su il piano di cottura.

"Resterai per il te?"

Philip scosse la testa. "L'ho promesso a mamma. Lei si preoccupa. Con l'oscuramento e le sirene."

"Non so cosa fare, Philip."

"Cosa avrebbe fatto il signor Barnard se fosse qui?"

Lui era stato sempre intimorito dal padre di Ronnie, con i suoi grugniti monosillabici, la testa calva e gli occhi a perla che lo scrutavano attraverso gli occhiali. Philip aveva fatto paragoni ingiusti con suo padre, un uomo la cui folta ciocca di capelli sulla testa era pari alla profondità dell'amore nel suo cuore.

"Non fa differenza quello che farebbe," replicò Clara. "Sta combattendo le sue battaglie, non avrà il tempo per pensare a noi."

Mentre parlavano i bambini erano entrati in cucina, capeggiati da Gracie. Era la più piccole e tuttavia chiaramente al comando. Era casa sua, dopotutto.

"A Bobby non piace la marmellata" annunciò Gracie. "A lui piace la cofettura."

"Confettura," disse il ragazzo. Era la prima volta che Philip lo aveva sentito parlare. Non sarebbe stata una sorpresa se Bobby e sua sorella, Jemima, avessero perso la voce. Avevano già perso tutto il resto. Anche se Londra era soltanto a ottanta chilometri di distanza, era come se fosse dall'altra parte del mondo.

Clara tagliò la pagnotta a fette spesse, l'imburrò e mise due fette su ciascuno dei piatti dei bambini. "Godetevi il meglio. Si parla di razionamento del burro nel nuovo anno."

Si voltò verso Philip e gli fece cenno di seguirla. Mentre salivano la ripida scalinata per raggiungere il pianerottolo di sopra Philip sentiva le risatine di tutti e tre i bambini. Gli sfollati avevano ritrovato le loro voci ed il risultato erano le risate. Forse la giornata non era stata un completo disastro.

Seguì Clara nella camera da letto di Ronnie. Per prima cosa, aprì il suo armadio, tirando l'anta che era stata deformata e contorta dal tempo. Non disse nulla, indicò due grucce di legno vuote. Poi andò al comò aprendo ogni cassetto, facendo scorrere la mano sulle camicie piegate, sui calzini ordinatamente abbinati.

E poi parlò. "Ho contato quello che ha preso. È sufficiente per cinque giorni. Se cambia calzini e mutande ogni due giorni. Gli piace essere pulito, al nostro Ronnie." Il suo tono era di sfida. Suo figlio aveva preso ciò ci cui aveva bisogno per cinque giorni e poi sarebbe tornato per Natale. Si sedette sul letto di Ronnie lisciando le pieghe delle coperte.

"Dobbiamo trovarlo, Philip. Sei il suo migliore amico, sai dove andrebbe. Aiutami a trovarlo."

"Ha dei soldi con sé."

"Ha il suo stipendio da Marley. Mi dà i soldi per l'affitto e la spesa, ma ne avrà un po' da parte."

"Abbastanza?" Philip non voleva pensare alla distanza che il suo amico avrebbe potuto coprire con i suoi risparmi. Biglietti dell'autobus, biglietti del treno. Sarebbe stata una ricerca impossibile. "Dobbiamo avvertire la polizia?" Conosceva già la risposta ancor prima di fare la domanda.

La signora Barnard scosse la testa.

"Chiederò un giorno di permesso. Domani andrò al lavoro e spiegherò. Così potrò cercarlo alla luce del giorno. È la soluzione migliore."

"Non ti lasceranno prendere un giorno libero. Questa sarà la tua settimana più impegnativa. Tutti quei biglietti e quei pacchi."

Infilò la mano nella tasca del grembiule, tirò fuori una busta e la porse a Philip. Lui la guardò per avere conferma che avrebbe potuto aprirla e leggerne il contenuto.

"Leggila. È del padre di Ronnie. Non dice molto, o almeno dopo che hanno tagliato metà delle parole non c'è molto più da leggere."

Philip diede un'occhiata alla breve lettera che sembrava scritta in fretta.

È grato per i calzini," scrive. "Se hanno il freddo e l'umidità che abbiamo noi qui, almeno i suoi piedi saranno caldi e asciutti dentro gli stivali."

Avrebbe voluto prenderle la mano o appoggiare la sua sulla sua spalla. Un gesto per farle capire che non era sola. Invece, la sua mano si librò a metà aria, prima di trovare la strada nella sua tasca.

"Mi prenderò un giorno di malattia." Philip si diresse verso la porta. "Devo andare. Mamma mi prenderà per il colletto."

"Tu sei un bravo ragazzo. Un buon amico per Ronnie."

"Non stia troppo preoccupata, signora Barnard."

Lei era ancora seduta sul letto di Ronnie mentre lui percorreva il corridoio e scendeva le scale per raggiungere la cucina. Uno sguardo al viso di Gracie gli confermò che gran parte della marmellata aveva mancato la sua bocca. Una parte era riuscita addirittura a raggiungere la punta del suo naso.

I piatti di tutti e tre i bambini erano vuoti ed ora stavano giocando, facendo a turno a coprirsi gli occhi quando lanciavano il loro indovinello. Sembrava che stessero mischiando il gioco dell'uomo cieco con quello degli indovinelli, ma a prescindere dalle regole si stavano divertendo.

"Magari puoi aiutare la signora Barnard sparecchiando la tavola," disse rivolgendosi a Jemima. Supponendo che avesse circa otto o nove anni; era l'età giusta per iniziare ad imparare le faccende domestiche. Lei scivolò giù dalla sedia ed iniziò ad impilare i piatti sporchi e raggruppare le posate sporche al centro della tavola. Gracie seguì il suo esempio, pensando alla possibilità di immergere le mani nell'acqua saponata, che avrebbe sicuramente creato le bolle da poter soffiare per tutta la cucina.

"Tua madre ha bisogno che tu sia una brava bambina, Gracie. Ha altre cose di cui occuparsi non può preoccuparsi anche per te," disse Philip, proprio mentre la signora Barnard entrava in cucina.

A tutta risposta, Gracie infilò una mano bagnata nella sua tasca, tirando fuori un pezzo di pane piegato in due. La marmellata che aveva abbondantemente spalmato su di esso ora trasudava dalla gonna, dalle mani, e gocciolava sul pavimento.

"Oh, Gracie ora che cosa hai fatto," strillò sua madre.

"Lo sto conservando per Ronnie. Sarà affamato quando tornerà a casa."

TRE

Diverse persone in città avevano ricevuto la cartolina di richiamo alle armi. Helen Chandler ricordava l'ultima volta. Suo marito George, era stato un cadetto dell'esercito, così non appena scoppiò la guerra nel 1914 lui fu convocato al reggimento e spedito al fronte.

Philip conosceva poco di quella guerra combattuta nel fango delle trincee.

"Non chiedermi nulla," gli aveva detto sua madre quando era abbastanza grande per capire. "L'importante è che sia tornato da noi tutto intero. Milioni di loro non lo hanno fatto."

Le visite occasionali al cimitero ricordavano la fragilità della vita. Ma i soldati morti non erano al cimitero di St Mary o in nessun altro cimitero di Tamarisk Bay. Loro erano in terre straniere, molti in tombe per soldati ignoti.

Philip era nato negli anni che avevano riportato la normalità. Quando marito e moglie stavano apprezzando come fosse bello riunirsi quando così tanto era stato distrutto intorno a loro.

Circa una settimana prima, Philip era passato a prendere il suo amico per il giro settimanale in bicicletta ed aveva notato la lettera sul camino di Ronnie, appoggiata tra un candelabro di ottone ed un soprammobile di porcellana. La signora Barnard adorava i soprammobili in porcellana, erano dappertutto al piano di sotto. Alcuni erano brocche di Toby, ma la maggior parte erano gatti; seduti, sdraiati o rannicchiati, con quell'espressione altezzosa, che solo i gatti sanno fare così bene.

"Non l'hai ancora aperta?" aveva chiesto al suo amico. Se la lettera fosse stata di Philip lui l'avrebbe strappata non appena fosse arrivata. Sarebbe stata una specie di avventura, un'occasione per vedere un altro paese, o forse due.

"Andiamo a fare quel giro in bicicletta o cosa?" L'impazienza di Ronnie aveva sorpreso Philip.

"Prima aprila. Guarda dove ti mandano."

Il suo amico gli gettò la sua giacca sul braccio e si incamminò verso la cucina lasciando che Philip lo seguisse.

"Mollette per i pantaloni?" Clara Barnard era in piedi con le mollette in mano porgendole a suo figlio.

"Non ne ho bisogno. Il terreno è abbastanza asciutto. Sono passati alcuni giorni da quando ha piovuto." Diede un calcio alla parte inferiore della porta sul retro e questa si spalancò. "Tornerò per il tè," gridò, mentre andava lungo il sentiero verso il capannone.

Ronnie era in testa per la maggior parte della loro corsa quel giorno. Si diressero fino al viadotto ferroviario, giù per la valle e lungo l'argine del fiume. Più volte Philip gli aveva chiesto di fermarsi, ma Ronnie non aveva intenzione di fermarsi. Mentre guidi non puoi rispondere.

"Bene, io mi fermo per un po', anche se tu non lo fai." Philip frenò così bruscamente che la sua ruota anteriore slittò facendogli perdere l'equilibrio. Atterrò brutalmente sul bordo del sentiero che costeggiava la riva del fiume. Ronnie rallentò e vide il suo amico con il sedere in terra.

"Tutto a posto?"

"Un po' graffiato, ma niente di rotto."

"E la bicicletta?"

"Tutta intera, credo di aver avuto un po' di fortuna."

Ronnie aiutò Philip a rialzarsi ed entrambi spinsero le loro biciclette lungo il sentiero sino ad una panchina vicina.

"Ho bisogno solo di riprendermi." Philip poggiò la sua bicicletta in terra e vide il suo amico fare lo stesso.

"Che fretta hai oggi, Ron?"

Ronnie scrollò le spalle. Era difficile trovare le parole giuste. Dopo qualche minuto di silenzio prese un bel respiro. "Io non sono un assassino."

La prima reazione di Philip fu una gran risata. Il suo amico doveva aver letto troppi racconti gialli.

"Dimmi qualcosa che non so."

"Se io vado in guerra, dovrò combattere, forse uccidere. Io non posso farlo."

Ora Philip aveva capito la ragione per la quale non aveva aperto la lettera.

"Tu non puoi evitarlo, Ronnie, tutti devono andare."

In quel momento, durante quel giro in bicicletta, con la lettera di convocazione intatta sul caminetto in casa dei Barnard, Philip non poteva immaginare che questo avrebbe portato ad altre conseguenze. Qualcosa di così grave che il suo amico sarebbe potuto finire in prigione. La signora Barnard però lo sapeva. Sapeva perché suo figlio era scappato. Sapeva che non doveva essere la polizia a trovarlo.

Helen Chandler non era stata d'accordo con suo figlio di prendere un giorno di malattia senza essere malato. Era una cosa sbagliata. Ma l'amico di Philip era nei guai. A volte alcune regole si possono infrangere, ma nessuno doveva sentirla di ammetterlo.

Jessica pensava che un giorno libero di nascosto fosse un'idea eccellente. Lei sperava che Phil lo facesse più spesso specialmente ora che lei aveva le vacanze a scuola. Anche se c'era qualche anno di differenza, da quando si ricordavano si erano sempre confidati i segreti.

"È solo un giorno, mamma." Jessica cercò di usare un tono da adulta. "Inoltre, Philip potrebbe essere l'unica persona in grado di trovare Ronnie. Lui conosce tutti i suoi posti preferiti. Inoltre, è quasi Natale, non può succedere niente di brutto."

"Tu non sei più una bambina, Jessica. La vita non ci regala sempre finali da favola."

Ma Jessica non stava ascoltando. Si era avvolta una sciarpa di lana intorno al collo, aveva afferrato i guanti e stava uscendo dalla porta sul retro. Lei avrebbe seguito i suoi piani. Gli adulti erano strani. Un momento ti dicevano di essere grande, quello dopo ti dicevano che eri troppo giovane per capire.

"Quella ragazza vive in un mondo di sogni. Faticherà quando si tratterà della dura realtà, ne sono sicura." Ma Helen stava parlando da sola. Philip era andato via. Se ne era andato in bicicletta con una borraccia di tè caldo e dei biscotti infilati nella borsa che aveva appeso al manubrio.

Quando raggiunse la fine del sentiero aveva spostato la borsa mettendosela a tracolla. I biscotti rotti erano una cosa, ma la borraccia rotta era un'altra.

Mentre pedalava ripeteva tra sé le conversazioni che aveva avuto con Ronnie negli ultimi giorni. Quelli in cui Ronnie gli aveva urlato, dicendogli che non si trattava di essere un codardo.

"Lo so che pensi che sia perché ho paura. L'hai sempre pensato," gli aveva detto il suo amico.

"Non è vero, Ron. Era solo per prenderti in giro. Non ho mai voluto dire niente del genere."

"Bene, non ho paura. So che potrei essere ucciso o perdere una gamba o un braccio. Ho pensato a tutto questo. Cosa rappresenterà per mamma, per Gracie. E se papà non ce la farà a tornare da questa guerra, sarà ancora più difficile per loro senza nessun uomo che le aiuti."

"Non puoi pensarla in questo modo. Tuo padre, mio padre, ce l'hanno fatta entrambi nella prima guerra. Non c'è ragione di pensare che debba succedere tutto in questa."

"Tu non mi stai ascoltando."

Stavano prendendo una pausa in una parte dell'area boschiva di Fortune Park. Ronnie si era fermato accanto ad una delle alte querce e diede un pugno contro il tronco nodoso. "Non è questo il motivo. Non si tratta di essere ferito. Si tratta dell'altro tizio."

"Il nazista? Ti stai preoccupando di uccidere un nazista?"

"I soldati tedeschi, sono proprio come noi. Hanno famiglie, fratelli, sorelle, amici. Qualcuno deve iniziare a dire 'No'. Se tutti dicessimo di 'No' allora forse non ci sarebbe la guerra."

"Lasceremmo che Hitler attraversi la Francia, porti le sue truppe attraverso la Manica ed occupi le nostre città e i nostri villaggi, vero?" Philip sentiva salire il suo sangue, il suo cuore batteva forte.

"Non mi farai cambiare idea."

Quel giorno tornarono a casa in bicicletta e Philip trascorse alcune notti girandosi e rigirandosi nel letto, cercando di chiarire i pensieri che gli passavano nella mente. Non osava parlarne con la madre, e questa volta anche Jess doveva restarne fuori. Anche perché lei non avrebbe capito davvero. Si trattava della legge. Philip sapeva che se il suo amico si fosse rifiutato di combattere, sarebbe potuto finire in prigione.

L'ultima domenica che avevano passato insieme in bicicletta, prima che Ronnie sparisse, Philip si era preparato un discorso. Elaborò a lungo cosa avrebbe detto al suo amico per dargli un senso.

"Non ti ho sentito cantare in chiesa questa mattina." Avevano raggiunto metà del percorso e si erano fermati per prendere fiato.

"Non ero dell'umore giusto per cantare."

"Tutto quello che sentivo era il vecchio Jack Tarby. Il tono stonato e pensa ancora di essere un ragazzo del coro. Ha rovinato del tutto il canto, non trovi?"

Ronnie aveva alzato le spalle. Avere un'opinione sul cantare inni intonati o stonati era l'ultima delle sue preoccupazioni.

"E questo è il punto, vedi," disse Philip.

"Che cosa?"

"Beh, è solo quando tutti lavorano insieme che le cose vanno bene. Tu non hai cantato ed hai rovinato il servizio per il resto di noi."

"Per cosa parli di cantando?"

"Se non combatti, deluderai il tuo paese. E anche me."

"Io non combatto, Phil, e faresti meglio ad abituarti all'idea."

"E tua madre e Gracie?"

"E proprio per questo. Ho bisogno di restare qui per occuparmi di loro."

"Tutta la città sarà contro di te e contro di loro. Una volta che si saprà che tu sei un obiettore di coscienza, ci saranno quelli che vorranno rendere la tua vita uno schifo, metteranno fango nella cassetta delle lettere, dipingeranno parolacce sul muro della casa. Non puoi lasciare che tua madre e Gracie subiscano tutto questo."

Forse furono questi argomenti di Philip che fecero pendere la bilancia. Ma se così fosse era dalla parte sbagliata. Ronnie non aveva detto altro quel giorno. Invece aveva elaborato un piano; questa scomparsa era la sua risposta. Doveva essere l'unico modo per riuscire a rimanere fedele alle sue convinzioni, ma allo stesso tempo proteggere sua madre e sua sorella.

C'era solo un altro posto in cui Philip pensava che Ronnie potesse aver scelto per nascondersi. Le grotte di San Clemente. Erano stati lì insieme alcune volte durante le vacanze scolastiche estive. Philip aveva scherzato sul fatto che fosse abitato dai fantasmi spaventandosi più di quanto volesse ammettere. Era abbastanza vero che la gente parlava di fantasmi di contrabbandieri di tanto tempo fa. Le grotte erano in profondità sotto le rovine del castello di Tidehaven. Era ironico che del castello fosse rimasto ben poco, salvo alcuni muri rotti e mucchi di pietre, mentre le grotte erano intatte, proprio come sarebbero state ai tempi dei contrabbandieri.

Philip smontò dalla bicicletta ai piedi di West Hill e salì con regolarità i gradini verso le grotte. La cabinovia della scogliera era fuori uso da quando era stata dichiarata la guerra, ma anche se fosse stata in funzione, non avrebbe potuto mettere la sua bicicletta nella piccola cabina. Sua madre e suo padre avevano portato lui e Jessica diverse volte sulla piccola cabinovia per un'occasione speciale. L'unica cabina della stretta funicolare impiegava pochi minuti per risalire la ripida parete di roccia della scogliera e una volta raggiunta la cima a lui sarebbe piaciuto soffermarsi per un po' per contemplare tutta la distesa del lungomare, il centro storico, e le alte capanne da pesca in legno. Invece, suo padre li faceva sbrigare e dopo una camminata veloce sulla cima della scogliera li faceva tornare di nuovo giù, ma questa volta attraverso tutti i centocinquanta gradini.

All'imbocco delle grotte si fermò ed appoggiò la bicicletta contro una roccia. Si mise le mani intorno alla bocca e gridò, "Ronnie." La sua voce fu spazzata via dal vento impetuoso contro cui aveva combattuto fino a Tidehaven. Provò di nuovo, questa volta più forte. "Ronnie, ci sei?"

Aveva portato la torcia di suo padre. La accese e diresse la luce all'interno della prima grotta. Le grotte si insinuavano lungo tutta la collina. Ronnie poteva essere in fondo. Avrebbe dovuto avventurarsi più dentro. Avanzò, cercando di guardare dove metteva i piedi, mentre allo stesso tempo guardava avanti, in direzione della luce della torcia.

Infine, sentì un rumore.

QUATTRO

"Ronnie, sei tu?" La sua voce echeggiò mentre si addentrava nelle caverne.

La staticità dell'aria rendeva il freddo più intenso. Diresse la torcia a sinistra, poi a destra, ma la luce si limitava a mostrare le pareti rocciose. La grotta più vicina all'ingresso era la più umida, con l'umidità che colava lungo le pareti formando pozzanghere sul terreno. Alcune pozzanghere si erano unite formando un ruscello, che scendeva verso l'interno della rete rocciosa.

Non c'era nessun sentiero in quanto tale, solo massi grandi e piccoli da attraversare. A volte doveva infilare la torcia in tasca per lasciare entrambe le mani libere per farsi strada. Senza la luce l'oscurità era opprimente, e gli dava la sensazione che le pareti fossero più vicine a lui, sembrava che la volta fosse a poca distanza su di lui. In realtà, nella maggior parte dei punti, la volta era forse quaranta centimetri o più sopra di lui; quindi, poteva stare dritto senza paura di sbattere la testa.

Sentì di nuovo il rumore e rimase immobile per un momento, per concentrarsi, per cercare di determinare quale fosse il suono e da quale direzione provenisse. Fece qualche passo più avanti e puntò la torcia direttamente davanti a sé, perlustrando in giro dalla volta al suolo.

Forse disturbati dalla luce, o forse dall'improvvisa intrusione di un essere umano, un attimo dopo, due ratti uscirono da un lato della caverna e si diressero verso di lui correndo.

"Oh, mio Dio," gridò spostandosi bruscamente da un lato lasciando cadere la torcia. Ma nel muoversi prese una storta al piede, la caviglia destra aveva ceduto ed era finito in terra. 'Gesù, non ora per favore.'

Il pezzo di terreno sul quale era caduto era asciutto, ma era abbastanza certo che la torcia fosse caduta nel piccolo ruscello che costeggiava la grotta. Aveva sentito il rumore dell'acqua nello stesso momento in cui la luce della torcia si era spenta. Fece scivolare con cautela una mano sul terreno verso l'acqua, terrorizzato all'idea che non sarebbe stata la torcia che avrebbe trovato, ma un ratto.

Per allungarsi un po' sul terreno avrebbe dovuto muoversi. Cercò di muovere la gamba destra, appoggiandosi su una mano per fare un po' di leva. Nel peggiore dei casi si era rotto la caviglia. Nella migliore delle ipotesi si trattava di una grave distorsione. Ad ogni modo, l'unico modo in cui poteva muoversi era strisciare.

"Ronnie, ovunque tu sia, ora è il momento di dire qualche preghiera."

Entrambi andavano in chiesa ogni domenica fin da quando riusciva a ricordare. Le loro famiglie non erano profondamente religiose, ma la chiesa la domenica era un luogo comune come l'arrosto della domenica. Era lo stesso per la maggior parte della gente di Tamarisk Bay. Tanto che le famiglie occupavano i loro soliti banchi. Era confortante sapere che alle nove del mattino ogni domenica, la famiglia Chandler sarebbe stata allineata lungo il terzo banco dietro l'altare e proprio dietro di loro ci sarebbe stata la famiglia Barnard. Tutti agghindati nei loro migliori vestiti della domenica.

I ragazzi non avevano mai parlato delle loro convinzioni. In verità, Philip non ci aveva mai pensato molto. Ma proprio in quel momento sperava che ci fosse un Dio e che gli avrebbe dato una mano per tirarlo fuori da queste benedette caverne prima che morisse congelato.

Forse era lo shock, o il dolore, o la paura dei ratti, ma qualunque fosse la ragione, iniziò a tremare e non sembrava in grado di smettere.

Ora che era a terra e immobile, l'intensità del freddo e dell'umidità gli filtrava attraverso la giacca ed i jeans. Non era mai stato un tipo da guanti, sciarpe o cappelli, ma ora li desiderava tutti. Qualsiasi cosa per fermare i brividi. La borraccia di tè caldo ed i biscotti non erano di conforto, li aveva lasciati nella borsa che era appesa al manubrio della bicicletta.

Si mosse in avanti carponi, muovendo una mano nell'acqua finché non trovò la torcia. La prese, l'asciugò sulla sua giacca e sperò che funzionasse. C'era la possibilità che ci fosse entrata dell'acqua, o che il bulbo si fosse rotto quando l'aveva lasciata cadere. Una scarica di adrenalina lo attraversò quando premette l'interruttore e la luce modificò la spaventosa oscurità in una torbida penombra.

Si spostò leggermente di posizione e ancora una volta cercò di mettere un po' di peso sulla sua gamba destra, testandola per vedere se poteva sopportare il dolore abbastanza a lungo da riportarlo all'imboccatura della caverna. Da lì, sicuramente, avrebbe potuto ricevere aiuto. Ma non c'era forza nella sua caviglia, non l'avrebbe mai sostenuto.

Si alzò in piedi, chiedendosi se poteva saltare sulla sua unica gamba buona, mantenendosi in piedi aggrappandosi alle pareti della caverna. Fece un salto in avanti, solo per cadere di nuovo in terra, questa volta sbattendo un ginocchio contro un masso. Il terreno era troppo irregolare per saltare. Avrebbe dovuto strisciare fuori, era l'unico modo sicuro. Non importava quanto tempo ci voleva; i progressi lenti potevano essere i meno rischiosi.

Helen Chandler riempì di nuovo il bollitore. Clara era arrivata poco dopo la partenza di Philip e da allora avevano bevuto diverse tazze di tè. Gracie, Bobby e Jemima avevano preso latte e biscotti prima di essere mandati nel giardino sul retro, dove Gracie stava organizzando una partita a nascondino.

"È un personaggio, la tua bambina," disse Helen "Non si lascerà sfuggire nulla quando sarà grande."

"Il problema è, che pensa di essere già grande." Clara sorseggiò il suo te, stando in piedi vicino al lavello della cucina per tenere d'occhio i bambini.

"Ti danno molti problemi?"

"Gli sfollati? No, proprio nessuno. Anche se le prime notti bagnavano le lenzuola, il che non mi ha sorpreso. Non posso dire che me la sarei cavata bene se fossi stata mandata a vivere con degli estranei, anche alla mia età, figuriamoci da piccola."

"Dovremmo prenderne uno quando arriveranno gli altri. Se è un maschio dividerà la stanza con Philip, altrimenti la stanza di Jessica ha abbastanza spazio per un altro letto. Anche se sarà un po' da stringersi."

"Dov'è Jessica questa mattina?"

"Quando ne ha la possibilità, passa le sue giornate a casa della sua amica. Penso che le ragazze passino la maggior parte del tempo nella camera da letto di Lucy a pettinarsi a vicenda. Se Jessica finirà per fare la parrucchiera, compatirò i suoi clienti. Sarebbe capace di fare una permanente a qualcuno che vuole tagliarsi i ricci. È una tale sognatrice, spero che la madre di Lucy non si stufi di vederla sempre lì."

"È stato così gentile il tuo Philip di andare a cercare Ronnie. Si sarà messo nei guai per aver preso un giorno di malattia, a pochi giorni dal Natale? Non saranno contenti di lui."

Helen agitò la mano per respingere l'idea, e aggiunse altra acqua nella teiera. "Si è raffreddato? Lo rifaccio fresco?"

"Quando pensi che tornerà?"

"Philip?"

"Si. Non voglio intromettermi, ma mi piacerebbe essere qui. Per sentire in prima persona come è andata."

"Stai qui per il pranzo. Farò una zuppa. Se vuoi mi puoi aiutare."

Helen andò alla dispensa e riempì uno scolapasta con carote, cipolle e patate, la capovolse nel lavandino per lavarli.

"Sai perché Ronnie se n'è andato?" Helen si concentrò nel pelare le patate e tagliare le verdure. "Non ti sentire obbligata a dirmelo se preferisci."

Clara posò la sua tazza nel lavandino, la vuotò e vi fece scorrere dell'acqua fredda. "Penso di saperlo, ma non posso esserne certa. Ronnie ha il suo modo di pensare. È sempre stato così, da quando era piccolo."

"Questa può essere una cosa positiva."

"Non tutti sono d'accordo con le tue opinioni. Se uno ha la sua opinione, si distingue dalla massa e agli altri non piace. Li fa sentire a disagio."

Mentre si cuoceva la zuppa, Helen tagliò una pagnotta ed apparecchiò la tavola per cinque posti.

"Ora farò rientrare quei bambini, si dovranno lavare le mani prima di mangiare."

Uscì nel giardino sul retro e sentì qualcosa sul suo viso. Alzò gli occhi al cielo e vide cadere i fiocchi di neve; dapprima lenti e delicati, ma in pochi minuti stavano scendendo così fitti e veloci da coprire il sentiero davanti a lei.

"Bambini, entrate ora. Stiamo per mangiare una zuppa calda, sembra che ne avremo bisogno."

Attendere per fare la battaglia di palle di neve o costruire pupazzi di neve superava di gran lunga l'offerta di una scodella di zuppa calda. Ma Clara non accettava un no come risposta. "Potete tornare fuori dopo che abbiamo mangiato, ma solo se promettete di mangiare quello che vi viene dato."

"Non mi piacciono le cipolle," disse Gracie entrando in cucina.

"Fermi tutti." Le due madri sbottonarono i cappotti bagnati dei bambini e gli fecero pulire le scarpe sullo zerbino.

Quando l'ultimo pezzo di pane era stato inzuppato e le scodelle svuotate, il giardino sul retro non era più verde. Una coltre di freschi fiocchi di neve bianca ricopriva i sentieri, l'erba, la siepe, ed il melo solitario che qualche mese prima aveva dato frutti per una dozzina di torte.

"Nevicherà ancora, il cielo ne è pieno," disse Helen, guardando fuori dalla finestra mentre faceva scorrere l'acqua nel lavandino.

"Il tempo sarà l'unica cosa normale per questo Natale. Tuo marito ed il mio stanno entrambi combattendo, le persone hanno paura di uscire dopo il tramonto. Anche di giorno sentono la minaccia di bombe o peggio."

Prese una delle maschere antigas dall'armadio della cucina e la sbatté sul tavolo. "Non ci vuole molta immaginazione per capire perché ne abbiamo bisogno. Sai cosa hanno fatto gli attacchi di gas a quelle povere anime nella Grande Guerra. Non ci porta a pensare molto all'allegria natalizia." Il suo viso ora era accaldato, nonostante la corrente di aria fredda che filtrava sotto la porta sul retro a causa del vecchio legno deformato.

"Possiamo uscire adesso?" Si presentò Gracie tenendosi per mano con Jemima, e Bobby le seguiva. Erano stati in soggiorno a sussurrare di Babbo Natale, sperando che i grandi iniziassero a parlare di cose importanti come i regali, piuttosto che di bombe e maschere antigas.

Helen andò all'armadio del piano inferiore, scelse due delle sciarpe di lana di Jessica da uno dei ganci appendiabiti. Ne avvolse una intorno alla testa di Gracie, avvolgendo l'estremità lunga intorno al suo collo. L'altra la diede a Jemima.

"Starai abbastanza caldo, Bobby?" Il ragazzo aveva appena detto due parole da quando era arrivato, ma sembrava contento di seguire sua sorella e la sua nuova amica prepotente.

"Ronnie tornerà a casa per il tè?" chiese Gracie, mentre Clara le infilava il cappotto con difficoltà perché non stava ferma un minuto.

"Vai a giocare e non prendere troppo freddo. Quando non senti più le tue dita è ora di rientrare. Mi stai ascoltando?"

Helen e Clara sparecchiarono la tavola e cercarono di evitare di guardare l'orologio della cucina o la neve che continuava a cadere.

"Farete l'albero?" chiese Clara dopo un periodo di silenzio durante il quale furono entrambe immerse nei propri pensieri.

"George prendeva sempre l'albero. Senza di lui qui non mi sembra giusto festeggiare."

"Gracie è così piccola. Non è giusto nei suoi confronti se non faccio almeno uno sforzo. Continua a chiedere quando può scrivere una lettera a Babbo Natale. L'anno scorso le abbiamo permesso di metterla sul fuoco e le abbiamo detto che sarebbe andata su per il camino e che Babbo Natale sarebbe stato lì, dall'altra parte per leggerla. È tutto ciò di cui è preoccupata."

"È bello avere preoccupazioni del genere."

Non era ancora buio, ma a Helen piaceva chiudere presto le tende, prendendosi del tempo per coprire eventuali spazi vuoti con carta marrone. Si erano esercitati su cosa fare durante l'oscuramento per mesi, prima che la guerra fosse dichiarata. Il governo aveva persino emesso un volantino che diceva loro di non lavare le tende, sembrava che lasciassero penetrare più luce. Il consiglio era di passarci l'aspirapolvere, scuoterle, spazzolarle e poi stirarle. Forse era tutto uno stratagemma per distrarre le persone dal preoccuparsi del vero motivo per cui intere città e villaggi dovevano scomparire una volta tramontato il sole.

"Se Ronnie non torna a casa non so cosa farò." Clara si lasciò cadere su una delle sedie di cucina con un tale tonfo che fece trasalire Helen. Si allontanò dal lavandino e vide che si copriva il viso con le mani. Sentiva dal modo in cui respirava che stava cercando di controllare i singhiozzi che minacciavano di sopraffarla.

"Philip lo riporterà a casa. Ne sono certa. Gli ho detto di assicurarsi di tornare prima che faccia buio; quindi, a momenti entreranno insieme attraverso la porta e si chiederanno a cosa è dovuta tutta questa agitazione."

CINQUE

I PROGRESSI DI PHILIP erano lenti e dolorosi. Stava impiegando il triplo del tempo per percorrere la distanza che prima, quando era entrato nelle caverne, aveva percorso a piedi in mezz'ora, ma ora la stava percorrendo strisciando sulle mani e sulle ginocchia. Aveva scoperto il sistema migliore, era tenere la torcia nella mano destra ed usare la sinistra per tastare un po' più avanti il terreno in modo da essere sicuro che quando muoveva ogni ginocchio lo posizionava su un pezzo di terreno piatto. Di tanto in tanto non aveva altra scelta che inginocchiarsi su una roccia o su un masso; le sue ginocchia e gli stinchi erano così rovinati ora, che un altro colpo o graffio faceva poca differenza.

Mentre avanzava lentamente, cercò di concentrarsi sulla fase successiva. Una volta uscito dalle caverne, sarebbe dovuto tornare a casa in qualche modo. Aveva lasciato la bicicletta fuori dall'ingresso della caverna, ma non sarebbe mai riuscito a pedalare per tornare a casa. Sarebbe stato fattibile scendere a ruota libera dalle colline, ma non avrebbe avuto modo di prendere lo slancio lungo la pianura. Inoltre, la discesa dalle grotte comportava di nuovo quei gradini.

Era arrabbiato con sé stesso per non aver detto a sua madre dove fosse diretto. Aveva pianificato il percorso per la sua ricerca, ma non si era preso la briga di condividerlo con nessuno. Nemmeno con Jessica. Questo voleva dire che nessuno avrebbe potuto cercarlo. O almeno se avessero voluto non avrebbero saputo dove. Più o meno come la sua ricerca per Ronnie.

Per la prima volta Philip considerò la possibilità che Ronnie poteva essere ferito da qualche parte. Sino ad ora aveva sempre ipotizzato che avesse deciso di scomparire; qualsiasi cosa per evitare i combattimenti. Ma forse Ronnie aveva avuto un incidente e stava aspettando e sperando che qualcuno lo trovasse.

Questo pensiero lo spronò. Aveva la sensazione di essere vicino all'entrata della caverna. C'era una luce diversa. Philip non riusciva a capire cosa fosse. Era come se la torcia stesse emanando più luce. Si fermò e spense la torcia. Raggiunse una curva, se la ricordava da quando era entrato. Strisciò un po' in avanti in modo da poter vedere dietro alla curva della parete della caverna.

Si prese un momento per mettere a fuoco i suoi occhi, tale era la differenza tra l'oscurità del percorso che aveva fatto fino a quel punto e lo splendore della fresca nevicata che riempiva la sua vista.

La neve era penetrata un po' all'ingresso della caverna, creando un bordo ghiacciato. Si fermò poco prima dell'ingresso e guardò oltre la collina. Quello che poche ore prima era verde, fango e sentiero, ora era un tappeto bianco incontaminato. La neve continuava a cadere costantemente, i fiocchi turbinavano intorno mentre venivano catturati dal forte vento settentrionale che spirava dalle prime luci dell'alba.

Il vento del nord soffierà e noi avremo la neve....

Philip sorrise al ricordo della filastrocca. Ma il sorriso si spense subito quando uscì dalla caverna, il suo piano era di usare la sua bici come stampella, allora forse avrebbe avuto la possibilità di tornare a casa. Ma la bici non c'era. Tre chilometri non erano niente pedalando, nemmeno camminando, se entrambe le gambe fossero funzionanti. Ma tre chilometri da gattonare o saltare su un terreno coperto da centimetri di neve sarebbero stati quasi impossibili. E presto sarebbe stato buio. L'unica cosa positiva della neve di notte sarebbe stata la luce che dava, un utile riflesso di un cielo limpido illuminato dalla luna.

Philip infilò la torcia nella tasca della giacca, girò le gambe per passare da inginocchiato a seduto e poi udì un suono. Questa volta fu certo che non si trattava di topi, o di qualsiasi altro tipo di animale. Era un fischio acuto, non il canto melodioso di un uccello, ma il fischio di un uomo che chiamava il suo cane da pastore. Prima che Philip avesse la possibilità di capire da quale direzione provenisse il suono, il cane da pastore apparve accanto a lui, scodinzolando, scalciando via la neve mentre cadeva.

"Salve, può aiutarmi?" grido Philip verso la collina deserta.

Il cane annusò intorno a Philip per alcuni secondi, poi scappò di nuovo. Stava correndo così veloce, che in pochi istanti era fuori dalla sua vista oltre il ciglio della collina. Poi vide in lontananza, un uomo che avanzava piano sulla neve, sollevando ogni scarpone e riposandolo attentamente. Spaventato che il cane ed il proprietario prendessero un'altra strada e non lo avrebbero visto, chiamò di nuovo.

"Sono qui, vicino alle grotte. Ho bisogno di aiuto."

La neve attutiva i passi dell'uomo che stava arrivando. Mentre si avvicinava, Philip constatò che l'uomo forse era sui settant'anni o più, le spalle spinte in avanti per contrastare il vento. La sua schiena era leggermente curva e portava un bastone da passeggio, che stava usando per spazzare via la neve che avanzava davanti ai suoi piedi. Philip gli invidiò il suo pesante soprabito e la spessa sciarpa che gli avvolgeva il collo. Anche se i brividi si erano fermati, una volta che aveva iniziato a muoversi attraverso le caverne, le dita delle mani e dei piedi non sembravano più appartenergli.

L'uomo raggiunse Philip e si chinò verso di lui offrendogli una mano.

"Hai bisogno che ti aiuti ad alzarti ragazzo?"

"No. Voglio dire sì, ma ho fatto qualcosa alla mia caviglia. Non posso metterci il peso sopra."

"Sei qui da solo?"

"Si, stavo cercando un amico. È scomparso."

"Allora non sei qui per incontrarti con la tua innamorata?" L'uomo ridacchiò. "Queste grotte non sono state usate solo per il contrabbando, lo sai. Potrei raccontarti qualche storia."

"Può aiutarmi ad alzarmi in piedi?"

"Ecco, aggrappati al mio braccio." Allungò il braccio destro verso Philip piegandolo e tenendolo fermo. Spostò leggermente i piedi per creare una base stabile e disse a Philip che era pronto.

"Non ti farò cadere."

"Io sono più forte di quello che sembra. Non ti preoccupare, non ti farò cadere." Philip si aggrappò al braccio dell'uomo e si tirò su in piedi sulla sua gamba sinistra, evitando la tentazione di mettere il peso sulla sua caviglia danneggiata.

"Ora sei in piedi, prendi questo bastone, ti darà stabilità. Come ti chiami ragazzo?"

"Philip Chandler."

"E io sono Joseph Christmas. Un bel nome per questo periodo dell'anno, eh?" Ridacchiò tra sé mentre insieme si allontanavano di qualche passo dalla caverna.

"Aspetti," disse Philip.

"Cosa c'è ragazzo?"

"La mia bici, devo trovarla. L'ho lasciata qui quando sono entrato nella caverna." Indicò un cumulo di neve che si era depositato contro la parete esterna della caverna.

"Ti lascio per un minuto, non ti muovere. Non voglio che tu cada."

Joseph diede le spalle a Philip e si avvicinò al cumulo di neve. Fischiò per richiamare il suo cane che correva in giro. La neve non aveva solo coperto il terreno, aveva coperto tutti gli odori interessanti di conigli, lepri e scoiattoli. Joseph fece un cenno al suo cane, facendo un movimento con la mano. Il cane iniziò a scavare alla base del cumulo di neve, facendosi strada in avanti mentre la neve soffice cadeva sopra e dietro di lui. Philip e Joseph aspettavano guardando. Joseph con la certezza che il suo cane avrebbe portato a termine il compito con facilità, Philip con ammirazione per la determinazione del cane. Non aveva mai posseduto un cane ma ora, vedendo l'energia e l'abilità con cui il cane eseguiva i comandi del suo padrone, desiderò averne uno, proprio come questo.

In pochi minuti il risultato dello scavo fu evidente. Prima una gomma e poi i pedali e la catena erano emersi dal manto nevoso. Joseph andò verso il cane e gli accarezzò le orecchie, segnalandogli così di smettere di scavare e tornare indietro. Pochi secondi dopo Joseph aveva tirato fuori la bicicletta dalla neve che vi si era accumulata sopra. Spostò la bicicletta verso Philip, in modo che potesse usarla come una stampella su cui appoggiarsi.

"Che cane intelligente," disse Philip, rivolto in parte a Joseph e in parte al cane che ora si trovava di fronte a lui scodinzolando. "Si merita una ricompensa."

Joseph emise uno scricchiolio mettendo la sua mano nella tasca del cappotto e, quando il cane si sedette, gli diede come ricompensa una manciata di biscotti.

"Dobbiamo portarti a casa, ragazzo, dove abiti?"

Dalla situazione si sarebbe potuto avere uno scenario divertente: una collina innevata, un ragazzo appoggiato ad una bicicletta da un lato e un uomo anziano dall'altro, e un cane pastore che andava da uno all'altro e gli girava intorno.

"Conosci la storia delle grotte?" gli chiese Joseph mentre camminavano.

"Non proprio. Ronnie ed io le frequentavamo durante le vacanze estive, gareggiando a chi sarebbe andato più lontano."

"La storia è, che nel Settecento, una coppia fu sbattuta fuori dall'ospizio. Sembra che si fossero comportati male. La leggenda dice che vennero a vivere in queste grotte, e suppongo ci siano anche morti."

Philip non voleva pensare alla morte in un posto così squallido.

"E il tuo amico?" la voce di Joseph lo riportò al presente.

"Non gli piace l'idea della guerra."

"A nessuno di noi piace, ragazzo."

"Lui si rifiuta di arruolarsi. Penso che sia per questo che è scappato."

Joseph annuì, come se stesse avendo una conversazione con qualcuno, che rispondeva silenziosamente ad altrettante domande silenziose.

"Lei ha combattuto nella Grande Guerra, Joseph?"

"Non c'era niente di grande. Vedere i tuoi amici e commilitoni fatti a pezzi intorno a te, domandandoti perché loro e non tu."

"Ma lei è sopravvissuto, è tornato a casa salvo."

"Che mi dici di tuo padre? E del papà del tuo amico? Sono tornati tutti interi?"

Philip pensò alle notti in cui tutta la casa si svegliava con le sue urla. La madre gli diceva che aveva avuto un brutto sogno e la mattina dopo non se ne parlava.

"Non tutte le ferite sono esterne, vero?" rispose Philip. "Non so del padre di Ronnie. Pensa che è questo il motivo per il quale Ronnie non vuole andare in guerra, perché ha visto i danni che hanno provocato i combattimenti a suo padre?"

"Questa è la cosa grandiosa dei cani."

Philip era confuso. Sembrava che Joseph stesse rispondendo a tutt'altra domanda.

"Prendi Shep." Joseph indicò il cane. "Si fida di me che lo tenga al sicuro, ha imparato che non gli chiederò di fare qualcosa che possa fargli del male; non lo mette in dubbio. Ma il tuo amico, Ronnie, beh, a me sembra che se lo stia chiedendo. Sta cercando di capire cosa è giusto – non per tutti gli altri, ma per lui."

"Ma porterà la vergogna in tutta la sua famiglia, potrebbe anche andare in prigione."

Il vento aveva cambiato direzione, spingendo i fiocchi di neve dietro di loro, mentre si stavano avvicinando ai gradini. Joseph alzò la mano per indicare che dovevano fermarsi prima di continuare.

"Ecco un altro modo di pensare," disse Joseph. "Prendi noi tre. Insieme siamo forti, ci aiutiamo a vicenda per raggiungere la salvezza."

"Lei mi sta aiutando. Non mi sembra che io stia facendo altrettanto."

"Cosa penseresti se ti dicesi che non ci vedo molto bene. Io conto su Shep, e lui fa affidamento su di me. Ma quando la neve ha iniziato a cadere così forte, beh, lo ammetto con te, ragazzo, avevo paura. È facile perdere l'orientamento su queste colline."

"La sua vista è stata danneggiata durante la guerra?"

"Tutte le guerre sono cruente, ma a quei tempi non dovevi fare i conti solo con le trincee. C'era il gas velenoso."

"Ed è stato un attacco di gas che le ha rovinato la vista?"

"Riesco a vedere le forme abbastanza bene, ma quando cade la neve, beh, tutto sembra uguale. Quindi, vedi ragazzo, che tu sia qui è di grande aiuto."

"Ed è questo che direbbe a Ronnie, se lo incontrasse? È questo che dovrei dirgli? Che deve andare ad aiutare gli altri con i quali combatterà?"

"Forse. Saprai la cosa giusta da dirgli quando lo rincontrerai."

"E se non riesco a trovarlo? E se fosse ferito da qualche parte, come lo ero io prima che lei e Shep veniste ad aiutarmi?"

"Il tuo amico crede nella pace. Forse è quello che è andato a cercare."

"Ma dove?"

"A chi si rivolgerebbe se ritenesse necessario pulirsi la coscienza?"

"Il prete?"

"Potresti avere la tua risposta proprio lì, ragazzo."

SEI

TUTTO QUELLO CHE PHILIP voleva fare, quando zoppicando, entrò dalla porta sul retro della sua casa era farsi cadere su di una sedia accanto al fuoco e riposare. Tutti i muscoli doloranti ed ogni parte del suo corpo erano congelati.

Sua madre non sapeva di quale parte del suo corpo doveva occuparsi per prima; se liberarlo prima dei suoi vestiti bagnati, scaldarlo con il tè caldo e focaccine, o bagnargli la caviglia gonfia con acqua e aceto per il livido. Una parte di lei avrebbe voluto strillargli, battergli le mani sul petto e rimproverarlo per aver corso un tale rischio.

E poi c'era Joseph. Si era fermato sulla porta sul retro, all'inizio non voleva entrare, sino a che lei non lo prese per un braccio e lo incoraggiò ad entrare e mettersi al caldo accanto alla stufa a carbone. Gli disse di non preoccuparsi di togliersi gli stivali, e gli mise in mano una tazza di tè caldo, mettendoci dentro lo zucchero, senza nemmeno chiederglielo. Aveva riportato a casa suo figlio, il tè zuccherato era il minimo che potesse offrirgli.

Shep era stato contento di sdraiarsi ai piedi del suo padrone, tenendo un occhio aperto per qualsiasi briciola di biscotto potesse cadere accanto a lui, e un orecchio teso, pronto per ricevere un comando.

Jessica era seduta ai piedi di Philip, ogni pensiero relativo alle trecce dei capelli era un ricordo lontano, ora che suo fratello era a casa. Non aveva fatto sapere a sua madre quanto fosse spaventata.

Philip era più importante per lei di ogni altra cosa, ma se lui lo avesse scoperto avrebbe riso di lei.

"Non posso stare qui seduto, mamma. Devo ancora trovare Ronnie." Philip mosse un po' la caviglia da un lato per provare a vedere a che punto il dolore fosse sopportabile.

"Tu non vai da nessuna parte." Teneva una mano sulla spalla di suo figlio, spingendolo di nuovo sulla poltrona mentre lui cercava di alzarsi.

"Devo parlare con il prete."

"La mamma di Ronnie era qui, con i bambini. Ma poi ha pensato che forse Ronnie poteva essere tornato a casa, così sono andati via solo da pochi minuti. Lei non sa cosa fare, povera donna." Helen fissò le fiamme nel camino. Lei aveva il presentimento che la giornata non finisse bene. "Perché hai bisogno di parlare con il prete?"

"Philip pensa che il suo amico possa essere andato in chiesa," disse Joseph, anche lui mentre parlava, fissava le fiamme, la sua testa chinata leggermente, godeva del calore che saliva dal suo tè caldo. Sentiva che il sangue riprendeva la circolazione sul suo viso.

"Allora andrò io," disse Helen. "Tu non uscirai di nuovo, non con quella caviglia. Resterai qui e ti riposerai."

Non voleva una risposta, uscì nel corridoio, e tornò con il suo spesso cappotto invernale in una mano e guanti e sciarpa nell'altra.

"Presto sarà buio, mamma, tu odi stare fuori dopo l'oscuramento."

"Andrò io con tua madre, ragazzo. Shep ed io la proteggeremo, vero ragazzo?" Joseph arruffò il pelo del dorso del cane, ancora umido per la neve sciolta.

"Ma lei non può..." Philip si fermò, aveva notato lo sguardo severo che gli aveva rivolto Joseph.

"Io proteggerò tua madre e lei veglierà su di me. E Shep guarderà entrambi." Posò la sua tazza vuota accanto alla stufa e mise il guinzaglio al collare di Shep.

"No." La voce di Philip fece trasalire persino Shep che era in piedi accanto al suo padrone, indeciso se questo fosse un comando che doveva eseguire. "Non posso lasciarvi andare senza di me. Ronnie è mio amico e gli amici si prendono cura l'uno dell'altro. Joseph, tu ed io siamo tornati da Tidehaven, possiamo arrivare a St Mary. Starò bene mamma."

Helen passò la sua sciarpa a suo figlio. Capiva l'importanza dell'amicizia.

"Al vostro ritorno troverete una zuppa calda. Tornate a casa sani e salvi."

Mentre il trio usciva di casa, affrontando con attenzione i marciapiedi innevati, Philip si chiese se queste erano le parole che sua madre aveva usato quando il marito era andato a combattere, nella prima guerra, ed ora di nuovo in questa seconda. Forse era una silenziosa preghiera. Ed ora toccava a Philip sperare che la preghiera avesse attirato il suo amico nella chiesa di St Mary al Castello.

St Mary si trovava nel cuore di Tamarisk Bay, in una posizione dominante a picco sul mare. Chiunque l'avesse progettata e costruita aveva mirato a lasciare un'impronta non costruendo solo una chiesa, ma ponendola come elemento centrale tra gli edifici posti a forma di mezzaluna.

Senza la neve e senza zoppicare, Philip avrebbe impiegato meno di mezz'ora per raggiungere la chiesa da casa. Ma ora, con la luce affievolita e la nevicata persistente, che rendeva l'andamento, nel migliore delle ipotesi, precario, Philip si rese conto che sarebbe passato l'orario dell'oscuramento quando avrebbero raggiunto la destinazione.

Quando il cielo si era oscurato, la luna aveva iniziato a fare la sua magia, creando una scena che sarebbe stata perfetta per una cartolina di Natale. Le strade erano deserte ed il manto nevoso faceva sì che i loro passi fossero silenziosi. Senza il canto degli uccelli e senza il rumore del traffico, il suono ritmico del mare che si infrangeva sulla ghiaia formava la musica di sottofondo, mentre si facevano strada lungo l'ultimo pezzo di lungomare fino a raggiungere la rampa all'estremità occidentale della mezzaluna, che portava alla porta della chiesa. Non era il momento di conversare, tutta la loro attenzione era concentrata sul superamento di eventuali ostacoli lungo la strada; ostacoli per un ragazzo zoppicante ed un uomo con la vista difettosa.

Quando raggiunsero la porta della chiesa, Joseph spinse la pesante porta di legno fin quando si aprì e li fece entrare nell'oscurità. Davanti a loro, nell'ombra, videro padre John mentre saliva nel lato sinistro della chiesa, accendendo le alte candele posizionate all'estremità di ogni banco. La fiammella tremava mentre si fermava per un momento, aspettando che ogni stoppino si accendesse. Poi passò davanti all'altare, chinando il capo in una silenziosa preghiera, prima di voltarsi per scendere lungo il lato destro della chiesa. Quando si voltò vide il gruppetto fermo davanti all'ingresso, esitante.

"Pip."

Fu quando Philip si iscrisse alla scuola domenicale, all'età di sei anni, che padre John decise che gli ricordava suo fratello minore, Pip. Proprio di recente Philip aveva appreso che il fratello di padre John era morto nella battaglia di Passchendaele, una notizia che aveva fatto oscillare Philip tra sentirsi orgoglioso e spaventato.

"Il ragazzo qui sta cercando il suo amico. La chiesa sembra un buon posto dove venire quando hai domande a cui nessuno altro può rispondere." Joseph si avvicinò a padre John e gli tese la mano. Il prete fece cenno ad entrambi di seguirlo in sagrestia. Shep faceva strada, con il naso che si contraeva, alla ricerca di odori familiari. Philip respirò la dolcezza dell'incenso che permeava le vesti del sacerdote. I ragazzi più grandi, del coro come Ronnie e Philip, spesso guidavano i più giovani lungo la navata, orgogliosi di seguire padre John mentre faceva oscillare il turibolo avanti e dietro, liberando i riccioli di fumo che benedicevano la congregazione.

Una volta entrati nella sagrestia, il prete fece loro cenno di sedersi. Le sedie di legno erano economiche e ce n'erano solo due. Padre John rimase in piedi.

"Cosa hai fatto alla gamba, Pip?"

"Il ragazzo era così ansioso di trovare il suo amico che sembra abbia corso un rischio di troppo," disse Joseph. C'era un'impazienza nella sua voce che Philip non aveva mai sentito prima.

"Pensavo che potesse essere alle grotte. Ci andavamo qualche volta." La spiegazione di Philip uscì fuori come se stesse cercando di scusarsi.

Il prete camminò in lungo e largo nella sagrestia, ma i limiti della stanza gli permettevano solo di fare qualche passo in avanti, o in altra direzione, ma doveva presto tornare indietro.

"Lei sa dov'è Ronnie, Padre? Gli ha parlato?"

Tutti e tre pensavano al segreto della confessione, alla condivisione dei pensieri privati tra parrocchiano e sacerdote. Ma sicuramente c'era un altro genere di conversazioni che non fossero regolate allo stesso modo?

Padre John si schiarì la gola. Philip lo aveva sentito fare in molte occasioni, quando si preparava a leggere il sermone settimanale. Era come se schiarirsi la gola lo aiutasse a schiarirsi anche la mente.

"Ronnie sarà contento di vederti."

"È qui?" Philip balzò in piedi, per un momento, dimenticando che non aveva due gambe forti per sostenerlo.

"Bada, ragazzo." Joseph allungò un braccio per sorreggere il suo giovane amico. "Vedi. Tutto alla fine si risolve, lo vedi."

"Dov'è, padre? È stato qui sin dall'inizio?"

Il prete fece un cenno verso un'altra porta in fondo alla sagrestia che, come Philip sapeva conduceva alla cripta. Non aveva mai esplorato le stanze sotterranee, ma nella sua immaginazione vedeva tombe e scheletri polverosi.

"Non è laggiù, vero? Sarà spaventato e avrà freddo. Devo andare da lui."

Philip cercò di liberarsi dalla presa di Joseph sul suo braccio, ma mentre lo faceva si accorse che il prete stava sorridendo.

"Pip, credi che lo lascerei al freddo e al buio. Ronnie sta bene. Tu non sei in grado di scendere le scale, lascia che vada io a prenderlo. Non ho idea di come hai fatto a tornare dalle caverne e a superare la bufera di neve, deve essere stato spaventoso per te."

"È stato solo grazie a Joseph..."

"Sembra che sia fedele al suo omonimo quindi. È proprio in questi tempi che un altro Joseph stava aiutando la Madonna a trovare un rifugio."

"Quel Joseph aveva un asino, ma noi abbiamo Shep."

Al suono del suo nome, il cane emise un forte latrato, reso ancora più forte dall'essere dentro una stanza così piccola e silenziosa.

Pochi momenti dopo, Ronnie era accanto a Philip. Joseph, Shep e padre John lasciarono soli i ragazzi per parlare.

Era molto tempo che Joseph non entrava in una chiesa. Non aveva dimenticato le ragioni per le quali aveva smesso di andare a messa. Erano tutte legate dalla sensazione che Dio lo avesse messo da parte. Tanti uomini erano morti nelle trincee, uomini insieme ai quali aveva combattuto, con cui aveva stretto amicizia. Ma ora, seduto nel banco accanto al prete silenzioso, ricordava tutte le ragioni per ringraziare. Era tornato a casa, forse i suoi occhi non funzionavano così bene, ma aveva tutto il resto del corpo sano. Forse Dio non lo aveva abbandonato, dopotutto.

Intanto, in sagrestia, i ragazzi non stavano pensando a Dio.

"Tua madre sta passando un brutto momento. E così anche Gracie." Philip stava esponendo i fatti senza esprimere giudizi.

"Ho pensato che sarebbe stato più facile sparire."

"Per chi?" Sostenne lo sguardo del suo amico, cercando di leggere nei suoi pensieri, ma non ci riuscì. "Pensavi di stare rintanato qui per sempre, sino a che non sarà finita la guerra?"

"Pensavo solo per questa settimana, ho supposto che se non fossero riusciti a trovarmi, si sarebbero dimenticati di me. Ce ne sono tanti pronti a combattere. Philip, tu lo sai. Uno in meno non farà la differenza."

"Lo sai che non funziona così. Se lasciano che una persona dica di no, allora si apre la strada per gli altri. Dobbiamo essere tutti uniti, è l'unico modo che abbiamo per dimostrare ad Hitler che facciamo sul serio."

Se avesse potuto alzarsi per rafforzare il messaggio, lo avrebbe fatto. Invece agitò le braccia come se stesse dirigendo una sua truppa di soldati.

"Uccidere giovani tedeschi, che sono proprio come te e me, non significa che sconfiggeremo Hitler. Non è il modo giusto per farlo, Phil. Ci deve essere un altro modo."

"Nessuno vuole combattere, ma a volte non c'è scelta."

"Abbiamo tutti delle scelte. Aspetta che sia il tuo turno. Se la guerra non è finita quando compirai diciotto anni, che succederà?"

Philip non ci aveva pensato. La guerra sarebbe finita presto, no? Eppure, l'ultima guerra era andata avanti per più di quattro anni. I soldati erano morti a milioni, ed ora stava succedendo tutto di nuovo. Non era cambiato niente. Forse Ronnie aveva ragione.

"Cosa ti ha detto padre John?"

"Lui ascolta e basta. Dice che non spetta a lui consigliare. Ma la chiesa non sostiene le uccisioni, vero? È il sesto comandamento."

"Forse c'è un'eccezione alla regola quando si ha a che fare con un pazzo? Cosa hai intenzione di fare Ronnie? Non posso mentire a tua madre, dovrò dirle dove sei."

Ronnie si strinse nelle spalle.

"Posso portare qui tua madre? Padre John ha detto che puoi stare qui con lui?"

"Io non sono stato corretto vero? Volevo salvare la mia famiglia dalle recriminazioni e dalle accuse. Le persone qui intorno non guarderanno con benevolenza un obiettore di coscienza. Non mi preoccupo per me, ma non è giusto che ci vadano di mezzo loro."

"Se si sparge la voce che sei qui, metti nei guai padre John per averti nascosto. È ora che tu prenda una decisione, Ron. Qualunque cosa tu decida, ti sosterrò fino in fondo."

In casa Chandler, Helen sentiva di aver deluso la sua famiglia. Domani sarebbe stata la Vigilia di Natale e ogni anno in quel giorno aveva trascorso le ore, prima della mezzanotte facendo le tortine natalizie, preparando le verdure ed il tacchino ripieno per il pranzo di Natale. Philip e Jessica si sedevano al tavolo della cucina e cercavano di rubare un pezzo o due di carota cruda, quando Helen non guardava. Era la gioia della normalità.

Ma negli ultimi giorni Helen era stata così preoccupata per la scomparsa di Ronnie e per la scappatella di Philip alle grotte di San Clemente che si era dimenticata di comprare metà delle cose che aveva sempre preso negli ultimi giorni prima di Natale.

A parte le preoccupazioni per i ragazzi, non sembrava giusto fare cose normali quando le navi britanniche erano state affondate da sommergibili a Scapa Flow. Le famiglie avevano perso i propri cari e chissà quali orrori dovevano ancora venire.

Aveva perso le staffe con Jessica e poi se ne era pentita. Sua figlia aveva continuato a parlare dell'albero di Natale, quando le decorazioni erano l'ultima cosa che aveva in mente. Ma Jess era ancora solo una ragazzina. Ogni anno attendeva con impazienza il momento in cui le fosse permesso di posizionare l'angelo sulla punta più alta dell'albero di Natale. Quindi la famiglia a turno aggiungeva le palline e gli addobbi fino a quando ogni ramo era pieno di colori. Quest'anno George non era lì per andare a prendere un albero e ora che Philip si era fratturato la caviglia non sarebbe stato nemmeno in grado di portare un albero.

Questi pensieri di alberi e dolci di Natale erano stati interrotti quando si era aperta la porta sul retro ed era entrato Philip zoppicando, seguito da Ronnie e Joseph, con Shep che faceva da fanalino di coda.

"Oh, sei salvo," era tutto quello che pensava e riusciva a dire, mentre tendeva le braccia verso i due ragazzi, non sapeva chi dei due era più contenta di vedere. "Ma Ronnie, non dovresti essere qui, devi andare subito a casa. Tua madre si sta ammalando preoccupandosi per te."

"Dovevo assicurarmi che Philip tornasse a casa bene. È colpa mia se si è fatto male alla caviglia."

"Ho detto al ragazzo che l'avrei accompagnato a casa sano e salvo, ma Ronnie non ne ha voluto sapere," disse Joseph, battendo i piedi sullo zerbino. La neve si era insinuata sotto la porta sul retro e si era allineata lungo l'intera larghezza della porta, decorandola proprio come la glassa di una torta. Shep assomigliava più a un cane siberiano che a un cane pastore bianco e nero e mentre si dirigeva verso la stufa si sgrullava con una tale energia che mandò una pioggia di cristalli di neve in tutta la cucina.

"Ci vediamo in chiesa domani sera, Ronnie?" Helen gli urlò mentre Ronnie tornava fuori nella neve. Non si aspettava una risposta.

Una volta che il ragazzo fosse stato riaccolto nella sua famiglia, ci sarebbero state conversazioni difficili e decisioni impossibili da prendere.

SETTE

CLARA EBBE APPENA IL tempo di abbracciare e stringere a sé suo figlio, prima che Gracie si intrufolasse fra di loro, volendo sapere dove fosse stato suo fratello maggiore.

"Stavo aspettando di mandare la mia lettera a Babbo Natale e domani è la Vigilia di Natale. Dovrà avere il tempo di leggerla e preparare i miei regali."

"Vai ora, Gracie, Ronnie è stanco e infreddolito, dobbiamo preparargli qualcosa di caldo da bere prima di poterci preoccupare dei tuoi regali di Natale."

Una volta che Ronnie si fu sistemato davanti al fuoco, Gracie si lasciò cadere sulle sue ginocchia. "Mettiamo la lettera sul fuoco, vero Ronnie? L'hai fatto per me l'anno scorso, ricordi?"

Ronnie aveva parlato pochissimo da quando era stato riaccolto nella sua casa e nella sua famiglia. I suoi pensieri ruotavano intorno a travolgenti sentimenti di colpa. Il viso di sua madre era pallido e tirato. Dubitava che avesse dormito da quando era scappato. Il suo migliore amico si era rotto la caviglia e ora la sua preziosa Gracie, la sua adorata sorellina, si stava preoccupando per la sua lettera a Babbo Natale.

Ma era stata un'altra lettera, non aperta sul caminetto, che aveva dato inizio a tutto questo.

"Gracie, dove sono Bobby e Jemima? Come mai non vai a giocare un po' con loro, lascia che Ronnie prenda il suo tè in pace."

Con riluttanza, Gracie scese dalle ginocchia di suo fratello ed andò alla ricerca dei suoi nuovi amici che erano rimasti fuori dal salotto. Sembrava che questa famiglia avesse molti problemi da affrontare senza che la loro presenza complicasse ulteriormente le cose.

Clara versò a suo figlio una tazza di tè forte mescolò dentro un cucchiaio di zucchero, poi si mise a preparare un sandwich con la marmellata, il preferito di Ronnie. Trafficò in cucina preparando il vassoio, sistemando la tazza e la zuccheriera accanto al piattino, tenendo sotto controllo ogni rumore proveniente dal soggiorno.

Stava portando il vassoio, ma prima che lei potesse posarlo sullo sgabello Ronnie si alzò e glielo prese. Lo mise sulla credenza, poi tirò sua madre verso di lui, avvolgendole le braccia intorno alla vita.

"Mi dispiace tanto, mamma. Ho combinato un vero guaio con tutto."

Clara sentiva le lacrime salirle agli occhi. Non aveva le parole giuste per suo figlio. Lei indovinava quali fossero le sue domande, ma non avrebbe avuto le risposte.

"Prendi il tuo sandwich ora, e bevi il tuo tè finché è caldo." Lo spinse via delicatamente e si spostò dall'altra parte del camino. La busta sul camino sembrava li stesse schernendo entrambi.

"Sai perché me ne sono andato, vero, mamma?"

"Penso di capire, si. Ma non so cosa dirti, Ronnie. È la legge, non puoi infrangere la legge. Ci saranno terribili conseguenze."

Clara aveva sentito cosa era successo agli obiettori di coscienza, ma solo alla radio nei notiziari. Non c'era nessuno a Tamarisk Bay che si era rifiutato di combattere. O almeno nessuno che conosceva, fino ad ora.

"Non sono preoccupato per me, mamma. È per te e Gracie che mi preoccupo."

"Se vai a combattere?"

"No, se non lo faccio."

"Pensaci ancora per qualche giorno. Domani è la Vigilia di Natale. Nessuno si aspetterà che lasci la tua famiglia a Natale. Almeno aspetta fino a dopo Santo Stefano. Non possono biasimarti per questo."

Dopo bevuto il tè e non era rimasta nessuna briciola del sandwich, Clara aveva preso una decisione. Tenendo per mano Ronnie, lo condusse nel corridoio, prese il suo cappotto dall'armadio del piano di sotto e glielo passò. Si infilò anche lei il suo cappotto, poi i guanti e la sciarpa.

"Dove stiamo andando, mamma?"

Lei non rispose, ma lo tirò vicino a sé mentre camminavano lungo Victoria Road e giù per la First Avenue, poi nella Second Avenue, e su nel sentiero verso la casa dove viveva il signor Yardley. Ernest Yardley aveva insegnato ai bambini di Tamarisk Bay finché non gli avevano detto che non poteva più insegnare. Ma anche in pensione aveva continuato a dare una mano dando lezioni private a coloro che avevano problemi con la lettura e la scrittura. Ronnie aveva sempre avuto un po' di soggezione nei suoi confronti, forse perché era un gigante di un metro e ottanta, con una massa di capelli neri e una barba folta. La sua voce tonante attirava l'attenzione, quindi non aveva mai avuto bisogno di ricorrere alle punizioni con le quali alcuni degli altri insegnanti minacciavano i bambini.

Ronnie non era mai stato in casa del signor Yardley e non aveva mai incontrato sua moglie, una minuscola donna timida, con una voce acuta e fessure tra i denti quando sorrideva. Accolse i visitatori nel soggiorno, il gran calore proveniente dal caminetto ad angolo li portò ad alleggerirsi prima di accomodarsi sul divano più comodo su cui Ronnie si fosse mai seduto.

"Ci dispiace tanto disturbarla," iniziò Clara, ma Mabel Yardley agitò la mano come per ignorare le scuse e scomparve in cucina, chiamando suo marito, "Ospiti, Ernie."

Quando Ernest li raggiunse nel soggiorno, Ronnie fu sorpreso di vedere che non aveva più la folta barba; invece, i baffi ben pettinati facevano sembrare l'uomo più giovane e affabile.

Nell'ora successiva, furono bevute diverse tazze di tè e, gustate due tortine a testa. Clara aveva ragione quando immaginava che Ernest Yardley conosceva bene le leggi, avrebbe saputo quali fossero le alternative di Ronnie, se d'avvero c'erano delle alternative.

Sembrava che Ronnie, dovesse giustificare la sua posizione davanti ad un tribunale, che lo avrebbe assegnato a una delle tre categorie: esenzione incondizionata, esenzione condizionata all'esecuzione di determinati lavori civili, che poteva consistere nell'agricoltura o l'assistenza nell'ospedale locale; o l'esenzione solo dal combattimento. Questo significava che Ronnie si sarebbe potuto unire ad un corpo non combattente, come il Royal Army Medical Corp. Ernest spiegò le alternative e guardò come Helen si aggrappava alla mano di suo figlio, contenta che il ragazzo poteva evitare la prigione. Ronnie assorbì le parole. Non doveva abbandonare le sue convinzioni, poteva ancora aiutare i suoi amici, il suo paese, ma non gli sarebbe stato chiesto di uccidere.

Sembrava che dopotutto questo Natale poteva essere un momento di festa.

Poco dopo le ventitré della Vigilia di Natale, i membri della famiglia Chandler si tenevano per mano mentre si dirigevano lungo le buie strade innevate verso St Mary al Castello. Philip camminava accanto a sua madre, Jessica dall'altra parte. Nella mano destra di Philip il bastone da passeggio che Joseph gli aveva lasciato, nonostante le proteste del ragazzo. A Philip non piaceva pensare a come sarebbe stato perdere la vista. Anche al buio gli piaceva riuscire a distinguere le forme familiari di case, alberi, tutti i punti di riferimento della sua città natale che fino a quel momento avevano formato la mappa della sua vita.

"Verrà alla messa di mezzanotte, Joseph?" aveva chiesto Philip all'uomo anziano, prima che andasse via.

L'uomo non gli aveva risposto, ma Philip sperava che sarebbe stato lì, proprio come sperava che Ronnie sarebbe stato lì al suo solito posto, accanto a sua madre e a Gracie, nel quarto banco dietro l'altare sul lato destro della chiesa. Solo allora poteva essere certo che tutto sarebbe andato bene, anche se sapeva in cuor suo che niente poteva essere lo stesso per nessuno di loro. Non era solo la guerra a cambiare le cose.

"Rallenta, Jessica. Tuo fratello non può correre, dobbiamo andare alla sua andatura." Helen percepiva l'eccitazione di sua figlia, riusciva a malapena a tenere ferma la mano mentre sua madre la teneva stretta.

"Ma è quasi Natale." Ora che Ronnie era stato ritrovato e la caviglia di Philip era in via di guarigione, tutto ciò che Jessica riusciva a pensare era se Babbo Natale avrebbe portato i nastri che desiderava da tanto tempo, nastri che si sarebbe intrecciata tra i capelli. Si esercitava da giorni, usando nastri che le aveva imprestato la sua amica, Lucy. Naturalmente, sapeva che Babbo Natale non esisteva, lo sapeva da quando si era svegliata presto una mattina di Natale e aveva visto suo padre che posava i pacchi ai piedi del suo letto. Pensare a suo padre la faceva sentire così triste che quasi si dimenticò dei nastri.

Anche Philip pensava a suo padre. Quella sera sua madre aveva preparato le torte natalizia come al solito; le preferite di suo padre. Aveva bussato alla porta sul retro del vicino e aveva chiesto se avevano della frutta secca e aromi di scorta. Ce n'era appena abbastanza per quattro tortine. Una per ciascuno di loro e una per Joseph. Lo aveva convinto a unirsi a loro per la cena di Natale con la promessa di una o due salsicce per Shep. Philip disse una preghiera tra sé per suo padre, sperando che avesse avuto un momento per godersi il Natale, tra le armi ed il terrore.

Raggiunsero la porta d'ingresso della chiesa e si unirono ad un altro gruppo di parrocchiani che erano arrivati lungo il versante orientale del pendio. Ci fu un trambusto di eccitazione quando qualcuno davanti a loro aprì la porta e videro la chiesa illuminata dalla luce delle candele. La corrente fredda che entrava insieme alle persone faceva tremolare le candele, creando ombre che si movevano come se fossero vive.

La famiglia Chandler si diresse al loro solito banco, Philip entrò per primo scorrendo lungo il banco per sedersi, prima di voltarsi a cercare il suo amico. Il banco dietro di loro era vuoto. Ma in fondo alla chiesa vide arrivare Joseph e Shep. Fece loro un cenno, non sapeva cosa provare: contento che il suo nuovo amico fosse lì, e deluso che Ronnie non ci fosse.

Padre John andò accanto a Philip, gli toccò il braccio, chinandosi per parlargli piano.

"Cosa ha detto?" chiese Helen, appena il prete si fu allontanato.

"Ronnie è qui. Lui e sua madre hanno parlato con il prete." Philip intuiva che la conversazione fosse relativa alla gratitudine per il fatto che il prete aveva tenuto al sicuro Ronnie, ma forse riguardava anche una richiesta di consiglio. Ma questa volta non era compito di padre John dare un consiglio, non era una questione di fede, o di credo. O forse lo era.

Poi la famiglia Barnard uscì dalla sagrestia. Ronnie seguito dalla madre, sua sorella e da i due nuovi membri della famiglia, Bobby e Jemima. Tutti avevano il capo chino, tranne Gracie che si guardava intorno come se sperasse che Babbo Natale apparisse proprio lì davanti all'altare.

Mentre entravano nel loro banco, Philip si voltò, e tese la mano a Ronnie, ma non si dissero nulla. Non era il momento di fare domande, la messa stava per iniziare. Ogni banco era pieno, con qualche persona in piedi in fondo alla chiesa. La congregazione cantò di cuore, compiaciuta per la temporanea allegria dovuta alle melodie familiari. 'Dio vi dia la pace' fu il primo brano ad essere cantato. La luce delle candele non era sufficiente alle persone per leggere le parole, ma nessuno aveva bisogno dei libri degli inni, conoscevano i versi così come conoscevano le loro filastrocche preferite.

La messa proseguì, con preghiere, altri canti e poi fu l'ora della predica di Natale di padre John. Aveva riflettuto a lungo su cosa dire alla sua congregazione. Questo era stato un periodo difficile per tutti. Molti avevano visto i propri cari andare a combattere e non potevano essere certi che li avrebbero rivisti. E qui, nel cuore della sua comunità, c'era un ragazzo che era combattuto la sua coscienza. Quali parole avrebbero aiutato tutti loro ad affrontare le settimane, i mesi, forse anche gli anni a venire?

Si schiarì la gola. C'era silenzio in chiesa, tranne Gracie, che scelse quel momento per fare uno starnuto, provocando i sorrisi di tutti.

Dunque, padre John parlò:

"Il Natale è un momento per la famiglia," disse. "Ora più che mai abbiamo bisogno l'uno dell'altro. Questa congregazione è la famiglia, come questa città. Possiamo anche pensare al nostro paese come una grande famiglia, tutti alla ricerca l'un l'altro. Insieme siamo molto più forti, come comunità, come paese. E proprio come prima ci saranno altri in paesi lontani che ci sosterranno, saranno nostri alleati. Ed è per questo che ci riusciremo, perché quando siamo divisi siamo deboli, ma quando siamo uniti siamo forti."

La congregazione unita rifletteva sulle parole di padre John.

Clara era in piedi accanto a suo figlio in chiesa, mentre cantavano l'ultimo canto del servizio, prendendogli la mano e stringendola forte. E mentre la congregazione cantava ogni verso di 'Avvenne a mezzanotte santa,' c'era solo un verso che Ronnie e Philip cantavano più forte di tutti gli altri: 'Pace sulla terra, per gli uomini di buona volontà.'

GRAZIE

Devo molto al sito della BBC, WW2 People's War, per gran parte della mia ricerca sulla vita durante la Seconda guerra mondiale. Questa risorsa completa raccoglie migliaia di resoconti in prima battuta della vita di allora. Ho approfondito le esperienze di così tante persone coraggiose che hanno dovuto trovare un nuovo modo di vivere, sia stimolante che umiliante per la lunga durata della guerra. Raccomando questo sito a chiunque sia interessato a questo periodo cruciale della storia.

La maggior parte degli autori sarà d'accordo sul fatto che la scrittura può essere un'attività solitaria. Quindi mi considero molto fortunata ad avere l'incoraggiamento ed il sostegno di alcune persone meravigliose. I miei brillanti compagni di scrittura, Chris e Sarah, e mio fratello David, che continuano ad offrirmi non solo critiche inestimabili, ma anche l'ispirazione per andare avanti. Un sentito ringraziamento va a tutta la famiglia ed agli amici troppo numerosi per essere elencati qui. Sono grata a tutti quanti. Anche, voglio dire mille grazie ad Anna e Loretana per tutte le ore che hanno passato nel tradurre questo libro. Voglio anche dire grazie a Brian che ha letto il libro in italiano per essere sicuro che non abbiamo fatto errori.

E, nelle parole di una delle mie canzoni preferite, il mio amore e grazie a mio marito, Al, che è 'il vento sotto le mie ali.'

RIGUARDO L'AUTORE

Isabella Muir è affascinata dal passato, esplora com'era la vita per le famiglie che vivevano nei decenni dagli anni '30 agli anni '70. È autrice di due serie di gialli, entrambi ambientati nel Sussex, nelle epoche iconiche degli anni '60 e '70, nonché di diversi racconti ambientati durante la Seconda Guerra Mondiale. La ricerca su tutti gli aspetti della vita familiare nei decenni passati ha costituito il trampolino di lancio perfetto per le sue opere di narrativa. Isabella ha riscoperto il suo amore per la scrittura narrativa durante due anni felici lavorando e completando il suo Master in Scrittura Professionale e, da allora ha pubblicato sette romanzi, sei novelle e due raccolte di racconti.

La prima serie dei Misteri nel Sussex ha come protagonista la giovane bibliotecaria e investigatrice dilettante, Janie Juke. Ambientato alla fine degli anni '60 nell'immaginaria cittadina balneare di Tamarisk Bay, incontriamo Janie, che si occupa della biblioteca mobile. È un'amante appassionata delle storie di Agatha Christie - in particolare di Hercule Poirot – utilizzando, tutto ciò che ha imparato dalla Regina del Crimine, per aiutare a risolvere crimini e misteri. Oltre a quattro romanzi: *La Borsa Ricamata, Oggetti Smarriti, Il Caso Invisibile,* e *Una Notevole Omissione,* ci sono sei novelle nella serie, che esplorano alcuni dei retroscena dei personaggi di Tamarisk Bay: *Divisi si Perde, Oltre le Ceneri, Scelte, Aspettando che Risplenda il sole, La Mietitura* e *Mai Abbastanza*.

L'ambientazione della serie di misteri di Janie Juke è basata sull'area in cui Isabella è nata ed ha vissuto gran parte della sua vita. Quando pensa a Tamarisk Bay immagina la sua città natale, St Leonards-on-Sea, nell'East Sussex ed i suoi dintorni.

I suoi romanzi, *Oltrepassare la Linea* e *Dopo la Tempesta* fanno parte di una seconda serie di Crimini nel Sussex, protagonista il detective italiano in pensione Giuseppe Bianchi.

Il romanzo singolo di Isabella, *The Forgotten Children*, affronta il tema emotivo dei bambini migranti mandati in Australia, - concentrandosi nuovamente sulla vita familiare negli anni '60, quando la politica sui bambini migranti era ancora in vigore.

Scopri di più: www.isabellamuir.com

DELLA STESSA AUTRICE

MISTERI DI GIUSEPPE BIANCHI
Protagonista un detective italiano in pensione – Giuseppe Bianchi
VOLUME 1: OLTREPASSARE LA LINEA*
VOLUME 2: DOPO LA TEMPESTA*

MISTERI DI JANIE JUKE
Protagonista una giovane bibliotecaria e investigatrice dilettante - Janie Juke
VOLUME 1: LA BORSA RICAMATA*
VOLUME 2: OGGETTI SMARRITI*
VOLUME 3: IL CASO INVISIBILE*
VOLUME 4: UNA NOTEVOLE OMISSIONE

RACCONTI DI MISTERI NEL SUSSEX
La vita in tempo di guerra in Tamarisk Bay
DIVISI SI PERDE
OLTRE LE CENERI
SCELTE
LA MIETITURA
ASPETTANDO CHE RISPLENDA IL SOLE
MAI ABBASTANZA

LIBRI INGLESE DELLA STESSA AUTRICE

GIUSEPPE BIANCHI MISTERIES
Featuring retired Italian detective - Giuseppe Bianchi
BOOK 1: CROSSING THE LINE**
BOOK 2: AFTER THE STORM**

JANIE JUKE MYSTERIES
Featuring young librarian and amateur sleuth - Janie Juke
BOOK 1: THE TAPESTRY BAG**
BOOK 2: LOST PROPERTY**
BOOK 3: THE INVISIBLE CASE**
BOOK 4: A NOTABLE OMISSION

THE SUSSEX CRIME MYSTERIES
A Janie Juke trilogy - box set

SUSSEX MYSTERY NOVELLAS
Featuring characters from the Janie Juke novels
DIVIDED WE FALL
MORE THAN ASHES
WAITING FOR SUNSHINE

THE HARVEST
CHOICES
NEVER ENOUGH

THE FORGOTTEN CHILDREN**
A story about a mother's search for her child

THE BIRDSONG OF MICHAEL GREY
A compilation of short stories

IVORY VELLUM
An anthology of short stories

*Tutti i volumi sono disponibili anche in lingua originale - inglese
**Disponibile in audiobook solo lingua originale – inglese

www.isabellamuir.com